VENTE APRÈS DÉCÈS DE MAD° B...

OBJETS D'ART

Et de Riche Ameublement

BRILLANTS, PERLES, RUBIS, BIJOUX

Argenterie, Tapisseries

TABLEAUX, AQUARELLES

COMMISSAIRES-PRISEURS

Mr Henri BERNIER	Mr F. COUTANCEAU
RUE SAINT-LAZARE, 11	RUE SAINTE-ANNE, 7

EXPERTS

Pour les Bijoux	Pour les Tableaux et Objets d'art
M. Albert LINZELER, Joaillier	M. B. LASQUIN, Expert
RUE DE LA VICTOIRE, 56	RUE LAFFITTE, 12

Paris - 1898

IMPRIMERIE MAULDE et RENOU

—

MAULDE, DOUMENC & C⁰
IMPRIMEURS DE LA COMPAGNIE DES COMMISSAIRES-PRISEURS
Rue de Rivoli, 144

VENTE APRÈS DÉCÈS DE MAD° B...

Les Lundi 17, Mardi 18, Mercredi 19 et Jeudi 20 Janvier 1898

Et jours suivants s'il y a lieu

HOTEL DROUOT — SALLE N° 1

A DEUX HEURES TRÈS PRÉCISES

TRÈS BEAUX MEUBLES

ANCIENS ET MODERNES

Salon de l'époque Louis XV en tapisserie d'Aubusson
Sièges Louis XV et Louis XVI
Meubles hollandais, Commode laquée, Vitrine de Salon
Bronzes d'art et d'ameublement

Brillants, Perles, Rubis, Saphirs, Bijoux

BELLE ARGENTERIE : COUVERTS, LÉGUMIERS, ETC.

Objets de vitrine, Porcelaines de Saxe, de Sèvres et du Japon
Émaux cloisonnés, Objets d'étagère, Pendules, Candélabres, Suspension
Appliques, Lustre, Glaces
Meubles divers de Chambre à coucher, de Salle à manger
de Cabinet de toilette

PIANO DE GAVEAU, COFFRE-FORT DE FICHET

Tapis de Smyrne et de Perse, Tentures
Linge de table, Fourrures en loutre et astrakan, Dentelles de Chantilly
et autres, Linge et Effets de dame

ENVIRON 1.100 BOUTEILLES DE VINS FINS ET ORDINAIRES

Casiers, Bouteilles vides, Objets divers

COMMISSAIRES-PRISEURS

M° Henri BERNIER | **M° F. COUTANCEAU**
RUE SAINT-LAZARE, 11 | RUE SAINTE-ANNE, 7

EXPERTS

Pour les Bijoux | Pour les Tableaux et Objets d'art
M. Albert LINZELER, Joaillier | **M. B. LASQUIN**, Expert
RUE DE LA VICTOIRE, 56 | RUE LAFFITTE, 12

CHEZ LESQUELS SE TROUVE LE PRÉSENT CATALOGUE

EXPOSITION PUBLIQUE

Le Dimanche 16 Janvier 1898, de 2 heures à 5 heures 1/2

CONDITIONS DE LA VENTE

Elle sera faite au comptant.

Les acquéreurs paieront, en sus des adjudications, CINQ CENTIMES PAR FRANC.

L'exposition mettant le public à même de se rendre compte de l'état des objets, il ne sera admis aucune réclamation une fois l'adjudication prononcée.

L'ordre des numéros du Catalogue ne sera pas régulièrement suivi.

ORDRE DES VACATIONS

Lundi 17 Janvier 1898
RUOLZ, ARGENTERIE, BIJOUX
N°s 58 à 117

Mardi 18 Janvier
BRILLANTS, PERLES, RUBIS, SAPHIRS, BIJOUX
N°s 1 à 57

Mercredi 19 Janvier
TABLEAUX, AQUARELLES,
CURIOSITÉS, MEUBLES ARTISTIQUES ET TAPISSERIES
N°s 118 à 242

Jeudi 20 Janvier
VAISSELLE, VERRERIE, EFFETS, LINGE,
DENTELLES, FOURRURES, MEUBLES, TAPIS, TENTURES
N°s 243 à 265

Vendredi 21 Janvier
USTENSILES DE CUISINE, MEUBLES
ET OBJETS DIVERS, VINS ET DÉBARRAS.

MAULDE, DOUMENC et Cie, imp. de la Cie des Commissaires-Priseurs, rue de Rivoli, 144   1000—71390

DÉSIGNATION

BIJOUX

1 — Un Collier, deux rangs, composé de : 158 perles avec fermoir œil de chat et brillants.

2 — Une Broche, très belle perle noire, avec triple entourage de brillants, joaillerie or.

3 — Une paire Boucles d'oreilles, perles noires ; entourages de brillants, joaillerie or.

4 — Une Broche, rubis au centre, entourage de brillants, joaillerie or.

5 — Une paire Boucles d'oreilles, rubis, entourages de brillants, joaillerie or.

6 — Une Broche, milieu perle, entourages de perles et brillants, pendants perles.

7 — Une paire Boucles d'oreilles, anneaux, perles, brillants et roses.

8 — Une paire Boutons d'oreilles, perles solitaires, monture or à système.

9 — Une Broche, milieu perle, ornée de brillants et roses avec pendant perle poire et brillants.

10 — Une Broche, saphir, entourage et guirlande en brillants, monture or.

11 — Un Bracelet, perle noire, entourage de brillants, monture en or et roses.

12 — Un Bracelet, gourmette, or mat, orné d'un gros brillant solitaire.

13 — Un Bracelet, gourmette, or mat, applique saphir, entourage de brillants. .

14 — Un Bracelet, double gourmette, or mat, coulant orné d'une perle et de trois rangs de brillants.

15 — Un Bracelet, serpent, or mat, orné sur la tête d'un saphir, entourage brillants.

16 — Un Bracelet, corps entouré de brillants, monture or.

17 — Un Peigne, orné d'un rang de 23 brillants, monture or et argent.

18 — Une paire Boucles d'oreilles, œils de chat, entourages de brillants.

19 — Une paire Boucles d'oreilles, rondelles or repercé, ornées de brillants et roses.

20 — Un Collier, chaine or et perles, au milieu applique perle, brillants et saphirs.

21 — Une Parure Broche et Boucles d'oreilles, fer à cheval, brillants et roses, monture or et argent.

22 — Une Broche, croissant pavé brillants, monture or et argent.

23 — Une Broche, étoile, pavée brillants et roses, monture or et argent.

24 — Une Broche, flèche perle et roses, monture or.

25 — Une Bague ornée d'un gros brillant.

26 — Une Bague ornée d'un gros brillant.

27 — Une Bague, une émeraude, deux brillants.

28 — Une Bague, une perle, entourage brillants.

29 — Une Bague, trois perles de couleur et brillants.

30 — Une Bague, un brillant, monture or.

31 — Une Bague, un brillant, deux opales.

32 — Une Bague, un rubis cabochon et or.

33 — Une Bague jonc, saphir et brillants.

34 — Une Bague jonc, un brillant fantaisie.

35 — Une Bague, serpent, or mat et saphir.

36 — Un lot de sept Médaillons, or mat: divers modèles ornés de rubis, saphirs et brillants.

37 — Un Pendant d'oreilles, mouche pavée brillants et roses.

38 — Un Bracelet, chaîne, or mat, agrafe en roses.

39 — Un Bracelet, chaîne forçat, or mat, initiales en roses.

40 — Un Anneau, serpent, or, tête ornée d'un brillant.

41 — Un Anneau, or mat, un saphir, deux brillants.

42 — Une paire Pendants d'oreilles, scarabées perles et brillants,

43 — Une paire Pendants d'oreilles grenats, cabochons perles et roses.

44 — Une Broche, lézard pavé en roses.

45 — Une Broche, rhinocéros or mat ciselé.

46 — Une Broche, bête à bon Dieu grenats et roses.

47 — Une Parure Broche et Boucles d'oreilles, bêtes à bon Dieu or émaillé.

48 — Un Bracelet, chaîne, or mat, orné de grenats, cabochons avec médaillons.

49 — Un Bracelet, chaîne, or mat, applique repercée et ciselée.

50 — Un Bracelet, chaîne forçat, or mat, breloque sujet or ciselé.

51 — Deux Épingles à cheveux, écaille et roses.

52 — Une Bourse, cotte de mailles, or rouge.

53 — Une Montre de dame, or, fond émail orné de roses.

54 — Une Montre d'homme, or, remontoir.

55 — Une Chaîne de gilet, or, modèle corde.

56 — Deux Épingles pour cravates, or ciselé et trèfle perles.

57 — Bijoux non catalogués.

58 — Une Trousse : Anneau or, Crayon, Canifs, Porte-allumettes, deux Broches, deux Clefs, une Boucle, trois Bagues or, un Porte-plume, un Crayon et menus Objets or et argent.

59 — Quatre petites Broches or et pierres, et perles.

60 — Sept paires Boutons de manchettes or.

61 — Deux Boucles d'oreilles or, chat et chien.

62 — Un Médaillon or, M orné de roses.

63 — Une Pièce Louis XV, or.

64 — Un Bracelet et une Broche émail, trèfle avec brillant.

65 — Deux Étuis or, un Étui or et six Épingles.

66 — Neuf Broches, or et émail.

67 — Une Broche, deux Boucles d'oreilles émail, hirondelles.

68 — Une Broche, deux Pendants d'oreilles émail et or.

69 — Deux Boucles d'oreilles, une Broche, libel-
lules.

70 — Une Broche, deux Pendants d'oreilles or et
cabochons.

71 — Une Broche, deux Boucles d'oreilles, ba-
teaux or.

72 — Une Broche, deux Boucles d'oreilles or,
chiens.

73 — Une Broche, deux Pendants d'oreilles,
émail bleu.

73 *bis* — Boutons d'or, neuf pièces.

74 — Une Broche, deux Boucles d'oreilles or,
coquilles, perles et rat.

75 — Dix paires Boucles d'oreilles, or, émail, ani-
maux, oiseaux, etc.

RUOLZ

76 — Légumier, Salières, Couverts, Couteaux,
Cuillers à café, Tasses, Soucoupes, Plats, Plateaux, etc.

ARGENTERIE

77 — Une Ménagère argent.

78 — Un Huilier argent et porcelaine.

79 — Un Huilier argent et cristal.

80 — Quatre Bouts de table.

81 — Un Seau, un Porte cure-dents, Un Pot à
lait (chat), une Tasse argent et Soucoupe, un
Sucrier à poudre, un Poëlon, une Truelle, un
Vase argent, une Pince à asperges, un Bou-
geoir, deux Timbales, cinq Jardinières ; Objets divers argent.

82 — Quatre salières chinoises.

83 — Quatre Saucières cristal.

84 — Deux Confituriers.

85 — Une Cloche à fromage.

86 — Une Corbeille à pain et Ramasse-miettes.

87 — Une Boîte d'argenterie comprenant : trente
Fourchettes, dix-huit Cuillers, dix-huit Couverts à dessert, vingt-quatre grands Couteaux,
vingt-quatre petits, dix-huit cuillers à café,
une louche, une pince.

88 — Une Boite d'argenterie, comprenant : un
Service à découper, Salières, Fourchettes à
huîtres, Pièces hors-d'œuvre, Services divers.

89 — Un Plateau argent.

90 — Deux petits Flambeaux.

91 — Deux Candélabres à deux lumières.

92 — Une Lampe.

93 — Une Glace.

94 — Un Face à main.

95 — Une Coupe.

96 — Flacons de toilette.

97 — Un Vase argent.

98 — Un Moulin.

99 — Un Moulin à poivre.

100 — Deux petites Cafetières unies.

101 — Un Légumier.

102 — Un Plat.

103 — Plats ronds et longs, à filets et à contours.

104 — Une Saucière.

105 — Une Saucière et Plateau.

106 — Une Théière, un Pot à lait.

107 — Un Filtre.

109 — Deux Salières, un Moutardier.

110 — Deux Légumiers et leurs Plateaux.

111 — Une Cafetière, un Sucrier.

112 — Un Plateau, une Cafetière, un Sucrier, un Pot à lait.

113 — Cave à liqueurs.

114 — Un Plateau, six Verres, deux Carafes cristal et argent.

115 — Deux Coupes cristal.

116 — Un Broc cristal.

117 — Un Saladier cristal, deux Services à salade.

TABLEAUX ET AQUARELLES

ANCIENS ET MODERNES

BOUCHER (Attribué à)

118 — Naïades.

Deux pendants.

BOURSON

119 — Jeune Paysanne en buste, de profil à droite.

Forme ovale.

BRISSOT

120 — Muletiers Espagnols.

BRISSOT

121 — Bergers et Moutons près d'une mare

BRIMEL (Arthur)

122 — Bouquet de Fleurs à terre.

CALAME (A.)

123 — Paysage avec Torrent.

CARLIER

124 — Tête de Chat blanc.

Aquarelle.

CASSESARO (G.)

125 — Au bord de la Mer.

Deux aquarelles.

CICÉRI (E.)

126 — Vues de villes, avec rivières.

> Gouaches.
> Deux pendants.

COUTURIER

127 — Coq, Poules et Canard.

CUYCK (Frans Van)

128 — Couples galants.

> Peinture sur cuivre.

DESHAYES

129 — Paysage avec rivière et moulin à vent.

ÉCOLE FRANÇAISE (xviiie siècle)

130 — Jeune Fille en buste ; coiffure bleue ornée de roses.

ÉCOLE FRANÇAISE

131 — Jeune Femme tenant un masque.

> Pastel.

ÉCOLE HOLLANDAISE

VAN DER POEL (Attribué à)

132 — Entrée de village.

ÉCOLE FLAMANDE (XVIe siècle)

133 — La Vierge et l'Enfant Jésus.

    Gouache sur vélin.

ÉCOLE MODERNE

134 — Intérieur.

GUILLEMIN

135 — Montagnards des Pyrénées.

    Aquarelle.

HAWKINS

136 — Jeune Paysanne et Lapins.

    Aquarelle.

HUBERT-ROBERT (Attribué à)

137 — L'Abreuvoir.

    Un paysan à cheval, une laveuse et un enfant près d'une fontaine.

ISABEY (Eug.)

138 — Chaumière normande.

JACQUE (Ch.)

139 — Agneau têtant une brebis.

JAPY

140 — Bord de rivière.

Aquarelle.

JAPY

141 — Le Passage de la rivière.

Aquarelle.

JOYANT

142 — Vue de Venise.

Aquarelle.

PALIZZI

143 --- Chèvre sous bois.

ROTTENHAMER

144 — Adam et Ève.

Peinture sur cuivre.

RUBENS (École de)

145 — Motif d'architecture avec Statue enguirlan-
dée de fleurs par des amours.

Peinture sur panneau.

SAUNIER (Oct.)

145 — Chasseur à l'affût au bord d'un cours d'eau ; soleil levant.

Aquarelle.

SAUNIER (Octave)

147 — Pont sur une rivière ; clair de lune.

Aquarelle.

TÉNIERS (D'après)

148 — Le Tir à l'arc.

Toile de forme ronde.

VAYSON

149 — Portraits de Burns et Toto, griffons havanais.

Deux pendants.

VIEN (Attribué à)

150 — Jupiter et Junon.

Petite peinture forme ronde.

OBJETS DE VITRINES, ÉVENTAILS

151 — Boîte à deux compartiments en émail, fond blanc à réseau en dorure.

152 — Boîte ovale en émail de Saxe et Boîte en porcelaine décorée.

153 — Deux petits Vases en émail de Chine.

154 — Deux petites Bonbonnières et deux petits Vases en émail moderne.

155 — Petite Montre Louis XV en or avec émail et entourage en jargons.

156 — Petite Lorgnette Louis XV.

157 — Boîte ronde en laque rouge avec fixé.

158 — Deux Miniatures : portrait de Femme et sujet mythologique.

159 — Miniature : deux Enfants dans un paysage, cadre en bronze

160 — Quatre pièces en argent : un petit Sucrier à côtes en spirale, une Tabatière, un petit Char, une Cassolette.

161 — Amour poussant une brouette.

162 — Flacon à odeur en forme de ruche.

163 — Deux Éventails Louis XVI, l'un à monture de nacre avec feuille peinte à la gouache, sujet pastoral, l'autre à monture d'ivoire.

164 — Un petit Éventail Empire formant lorgnette.

165 — Quatre Éventails modernes avec feuilles en
dentelle.

165 *bis* — Deux Éventails modernes en ivoire et
en écaille.

PORCELAINES DE SAXE, DE SÈVRES
ET DE CHINE, FAIENCES

166 — Pot-Pourri composé d'un groupe de ro-
chers supportant une figurine d'homme de-
bout et un vase à têtes de béliers garni de
pampres et repercé à jour, en porcelaine décorée en couleurs et or.

167 — Groupe en vieux Saxe : Homme assis
jouant avec un chien.

168 — Statuette de Bergère avec mouton couché,
en vieux Saxe.

169 — Statuette de joueur de flûte en porcelaine
de Frankenthal.

170 — Groupe en blanc de Saxe : Pastorale de
trois figures.

171 — Figure de jeune Femme présentant un oiseau, vieux Saxe.

172 — Figurine, en vieux Saxe oriental, portant un vase.

173 — Quatre Figurines en vieux Saxe : Vendangeuse, Bûcheron, Cérès et petite Fille relevant son tablier.

174 — Deux petits Cache-Pots en porcelaine tendre de Tournay, décorés en camaïeu carmin.

175 — Deux autres petits Cache-Pots décorés de paysages avec figures en camaïeu jaune.

176 — Groupe en biscuit tendre de Sèvres : la Lanterne magique.

177 — Statuette de petit Marchand de gâteaux, en biscuit de Sèvres.

178 — Sucrier et Pot à crème en vieux Sèvres, pâte tendre, décor de roses et de lauriers.

179 — Petit Vase, forme Médicis, en porcelaine Barbeau.

180 — Cabaret en porcelaine de Frankenthal, à décor d'oiseaux, composé de six tasses, une cafetière, un pot à lait, une théière et un bol.

181 — Saucière en vieux Saxe, à décor gaufré et
à fleurs.

182 — Cabaret en porcelaine moderne de Sèvres,
fond gros bleu et or.

183 — Diverses Tasses en porcelaine de Sèvres et
imitation, Vases et objets d'étagère en porcelaines diverses.

184 — Petit Plat en ancienne faïence de Rhodes.

185 — Deux Compotiers en vieux Saxe gaufré à
fleurs.

186 — Plats en porcelaine ancienne de Chine et
du Japon.

187 — Deux Potiches et un Cornet en ancienne
porcelaine de Chine, fond bleu de Perse et or.

188 — Jardinière en porcelaine de Chine et émail
cloisonné.

189 — Deux Potiches en vieux Japon, décor en
couleurs.

190 — Deux Potiches hexagones en vieux Japon.

191 — Diverses Pièces, Plats et Plateaux en
faïence et porcelaine.

BRONZES D'ART ET D'AMEUBLEMENT

192 — Statuette en bronze : *Danseur breton*, d'après Ch. Le Bourg, sur fût de colonne en bois.

193 — Statuette de Narcisse en bronze vert, d'après l'antique.

194 — Groupe en bronze : Enfant monté sur un âne.

195 — Grand Plateau rond en émail cloisonné de Chine sur un support en cuivre poli de style chinois.

196 — Vase hexagone à large orifice en bronze du Japon, niellé d'argent supporté par un rocher.

197 — Groupe en bronze du Japon. Magot assis sur un crapaud, socle en bois.

198 — Brasero en bronze japonais.

199 — Coupe en bronze doré et argenté, d'après l'antique.

200 — Coupes en cristal ornées de montures en bronze doré.

201 — Petite Jardinière en émail cloisonné.

202 — Vases et objets d'étagère en verrerie artistique et faïence.

203 — Petite Pendule en bois noir avec statuette argent et deux tigres argentés.

204 — Petit Cartel genre Louis XV, en bronze doré avec figure d'Amour.

205 — Deux belles Appliques à 7 lumières de style Louis XVI, en bronze ciselé et doré, à feuillages et rubans.

206 — Petit Lustre Louis XIV, en bronze garni de plaquettes en cristal.

207 — Deux Chenets avec galerie en bronze modèle à vases et feuillages.

208 — Deux petits Chenets Louis XIV à pyramides en cuivre.

209 — Deux Girandoles à 9 lumières en cuivre doré, genre hollandais.

210 — Galerie de foyer de style Louis XVI, à vases et guirlandes.

211 — Flambeaux style Louis XV, enfants sur crocodiles en bronze.

212 — Lampes montées sur vases en porcelaine de Chine et en faïence de Delft.

MEUBLES ANCIENS ET DE STYLE

MEUBLES DE SALON LOUIS XVI

213 — Ameublement de salon, de l'époque Louis XVI, en bois laqué, garni d'ancienne tapisserie d'Aubusson à sujets tirés des fables de La Fontaine et petites figures entourées de fleurs; composé de un canapé, sept fauteuils et un écran ovale à vase de fleurs et rinceaux.

214 — Six Fauteuils Louis XVI, en bois sculpté, à feuilles d'acanthe et laqué blanc, garnis d'ancienne tapisserie au petit point à fleurs.

215 — Deux Fauteuils Louis XV, en bois laqué blanc, garnis de tapisserie au point à fleurs.

216 — Horloge hollandaise à gaine en bois marqueté, à fleurs.

217 — Commode Louis XV, en laque, forme contournée, garnie de bronzes à encadrements, chutes et poignées en bronze doré.

218 — Divers Meubles en marqueterie hollandaise : Tables à jouer, Chiffonniers.

219 — Pendule Louis XIV en bois noir, ornée de volutes, de chutes, d'ornements appliqués et de vases en bronze doré.

220 — Deux Girandoles à cinq lumières, style Louis XVI, en bronze doré, garnies de cristaux.

221 — Petite Horloge, de style Louis XV, en bois laqué, ornée de bronzes et surmontée d'une sphère.

222 — Pendule Louis XVI, en bois sculpté et doré, à feuilles d'acanthe et surmontée d'un vase.

223 — Meuble formant Secrétaire à abattant, avec partie inférieure à trois rangs de tiroirs, en marqueterie hollandaise à fleurs.

224 — Petit Meuble à trois tiroirs, en bois de placage marqueté.

225 — Cabinet Louis XIII en bois noir et marqueterie, à vases de fleurs et sphinx sur son support, à pieds tors, contenant un tiroir.

226 — Miroir style Louis XIII.

227 — Petite Pendule religieuse en bois noir.

228 — Deux Girandoles à trois lumières en cuivre.

229 — Deux Flambeaux Louis XV en cuivre.

230 — Armoire Louis XIV en chêne, à moulures.

231 — Glace avec bordure Louis XIII, en marqueterie de bois.

232 — Deux Chaises portugaises garnies de cuir gaufré.

233 — Vitrine de style Louis XVI, en placage de bois satiné et bois de rose avec marqueterie à quadrillages, ornée de chutes, figures d'enfants, guirlandes de lauriers et frise de rinceaux.

234 — Meuble d'entre-deux de style Louis XVI, en érable et bois amarante marqueté à corbeille de fleurs et orné de bronzes.

235 — Petit Bureau plat, style Louis XVI, en acajou à moulures de cuivre, le dessus entouré d'une galerie.

236 — Petit Bureau de dame forme Louis XV, en bois de rose et marqueterie, garni de bronzes.

237 — Fauteuil de style Louis XIII garni de tapisserie.

238 — Fauteuil X, de style Renaissance, en noyer sculpté.

239 — Petite Commode, style Louis XV, en marqueterie.

240 — Chiffonnier à six tiroirs en marqueterie de bois.

241 — Table de nuit, style Louis XV, forme rognon, en bois de placage.

242 — Supports chinois en bois sculpté.

AMEUBLEMENT MODERNE

243 — **PIANO** droit de Gaveau en bois noir, à filets de cuivre.

243 *bis* — Coffre-fort de Fichet.

244 — Divans, Fauteuils confortables, Pouffs.

245 — Chaises légères en bois laqué et tapisserie genre Louis XVI.

246 — Ameublement de salle à manger en bois noir, composé d'une Table ovale, un Buffet étagère, un Dressoir, dix Chaises et un Fauteuil garnis de velours frappé jaune.

247 — Suspension lustre de salle à manger.

248 — Armoire à argenterie en bois noir, à fronton cintré.

249 — Lit, genre Louis XVI, en acajou avec moulures de cuivre et orné de colonnettes cannelées en spirales.

CABINET DE TOILETTE

250 — Armoire à glace à deux portes séparées par une toilette à fond de glace, en bois laqué blanc à filets bleus.

251 — Chaise longue, deux Fauteuils confortables en cretonne.

252 — Rideaux de deux fenêtres en étoffe, genre Louis XVI.

TAPIS ET TENTURES

253 — Tapis de Smyrne, fond bleu clair avec bordure fond noir.

254 — Deux Carpettes de Perse et de Smyrne entourées de moquettes.

255 — Tapis de Smyrne à dessin bleu et rouge.

256 — Tenture de lit en brocatelle vert d'eau.

257 — Deux Garnitures de fenêtres en panne vert olive.

258 — Deux Tentures de fenêtres avec lambrequins en brocatelle rose à dessin jaune.

259 — Encadrement de baie en tapisserie à la main, avec rideaux en peluche de lin.

260 — Divers Rideaux de fenêtres et portières.

261 — Un Fusil de chasse à percussion centrale, calibre 20.

262 — Accessoires de toilette ivoire.

263 — Glaces.

264 — Vaisselle, Verrerie.

LINGE ET EFFETS

265 — Linge de maison, beau Service de table, Draps brodés, Linge et Effets de dame, Fourrures astrakan et loutre, Dentelles Chantilly et autres.

CAVE

266 — Porte-bouteilles, onze cents bouteilles de vin, Ustensiles de cuisine.

267 — Objets divers et débarras.

268 — Objets non catalogués.

IMPRIMERIE MAULDE, DOUMENC ET Cie

Rue de Rivoli, 144 — Paris

RED. :

15

graphicom